Justo entonces, pasó algo que no tenía que haber pasado.

Porque yo no sabía que mi almohada blandita tenía un agujerito. Y cuando volví a pegarle a Grace, ¡todas las plumas salieron volando!

Había miles de millones de esas cosas flotando.

Casi llenaban todo el aire.

Lucille tragó saliva.

La tal Grace también tragó saliva.

Yo bailé muy divertida.

—¡MIREN! ¡AQUÍ ESTÁ NEVANDO! —dije—. ¡ESTÁ NEVANDO! ¡ESTÁ...

Justo entonces, se abrió la puerta super-rápido.

¡Era la nana de Lucille!

Junie B. Jones
duerme en
una mansión

por Barbara Park
ilustrado por Denise Brunkus

SCHOLASTIC INC.

New York Toronto London Auckland Sydney
Mexico City New Delhi Hong Kong Buenos Aires

Originally published in English as *Junie B. Jones Is a Party Animal*

Translated by Aurora Hernandez.

ISBN-13: 978-0-439-87425-0
ISBN-10: 0-439-87425-4

Text copyright © 1997 by Barbara Park.
Illustrations copyright © 1997 by Denise Brunkus.
Translation copyright © 2006 by Scholastic Inc.
All rights reserved.
Published by Scholastic Inc., 557 Broadway, New York, NY 10012, by arrangement with Writers House.
SCHOLASTIC, SCHOLASTIC EN ESPAÑOL, and associated logos are trademarks and/or registered trademarks of Scholastic Inc.

12 11 10 9 8 7   10 11 12 13/0

Printed in the U.S.A.   40

First Scholastic Spanish printing, September 2006

NOTA DEL EDITOR: Al igual que en la versión original en inglés, los errores gramaticales y de uso de algunas palabras que aparecen en el libro son intencionales y ayudan al lector a identificarse con el personaje.

Contenido

1/ La nana más rica

Me llamo Junie B. Jones. La B es de Beatrice, solo que a mí no me gusta Beatrice. Me gusta la B, y ya está.

Tengo casi seis años.

Tener casi seis años es cuando vas en autobús al kindergarten de la tarde.

Mi *supermejor* amiga que se llama Grace va en el autobús conmigo.

Todos los días se sienta justo a mi lado. Eso es porque yo le guardo el sitio.

Guardar el sitio es cuando entras *escopeteado* en el autobús y te sientas rapidísimo. Y entonces pones los pies en el asiento que tienes al lado más rápido todavía.

Después de eso, empiezas a gritar "¡OCU-
PADO! ¡OCUPADO! ¡OCUPADO!" Y
nadie se sienta a tu lado. Porque ¿quién va a
querer sentarse al lado de alguien que grita?
Eso es lo que yo quisiera saber.

Yo y la tal Grace tenemos otra *supermejor*
amiga en la escuela. Se llama Lucille.

Lucille no va en el autobús con nosotras. Su nana rica la lleva a la escuela en su
auto de oro. Se llama Casi Llac. Creo.

¿Y sabes qué?

Que hoy, ese Casi Llac grande de oro
¡iba justo al lado del autobús!

Empecé a dar golpes en la ventana muy
emocionada.

—¡LUCILLE! ¡OYE, LUCILLE! ¡SOY
YO! ¡JUNIE B. JONES! ¡ESTOY JUSTO
AQUÍ AL LADO EN EL AUTOBÚS DE
LA ESCUELA! ¿ME VES, LUCILLE? ¡ES-

TOY DANDO GOLPES EN LA VENTANA!—. Lucille no me vio.

—YA, LO QUE PASA ES QUE ¡HAY UN PROBLEMA! TU NANA VA MUY RÁPIDO Y AHORA PASARON AL AUTOBÚS. ¿Y ENTONCES POR QUÉ SIGO GRITÁNDOTE? ESO ES LO QUE YO QUIERO SABER.

Me senté y me arreglé mi falda.

—Parece que a la nana de Lucille le gusta correr —le dije a la tal Grace.

—La nana de Lucille es muy rica —me contestó.

—La nana de Lucille es rica, riquísima —dije—. Tiene una casa gigante con un millón de cuartos. Y deja que toda la familia de Lucille viva ahí. Porque es demasiado grande para una nana sola.

—Increíble —dijo la tal Grace.

—Ya sé que es increíble, Grace —dije—.

Mi nana solo tiene una casa vieja y normal y nada más.

La tal Grace suspiró.

—Mi nana solo tiene una casita en Florida —dijo.

Entonces yo y la tal Grace nos miramos muy tristonas.

—Nuestras nanas no valen para nada —dije.

Después de eso, no hablamos durante el resto del viaje.

¿Pero sabes qué?

¡Que cuando llegamos a la escuela vimos el coche de oro de la nana de Lucille! ¡Estaba estacionado justo en el estacionamiento!

Yo y la tal Grace corrimos muy rápido.

—¡Lucille! ¡Lucille! ¡Soy yo! ¡Junie B. Jones! ¡Y también la tal Grace! ¡Venimos corriendo a ver a tu nana rica!

Abrimos la puerta y metimos las cabezotas.

—¡Hola, Nana! —dije.

—¡Hola, Nana! —dijo la tal Grace.

La nana nos miró sorprendida.

—Ya, lo que pasa es que no tiene que tenernos miedo —dije—. Porque conocemos muy bien a su nieta. Además, ni siquiera le vamos a hacer daño.

Yo y la tal Grace nos sentamos atrás.

Pasé la mano por el asiento.

—¡Ayyy! Me chiflan estos asientos de *ciertopelo* —le dije.

Pasé la cara por el asiento.

—Estos asientos son maravillosos, Nana —dije.

Lucille nos miró un poco gruñona.

—¡No la llames nana! ¡Es mi nana! ¡No es tu nana!

—¡Lucille! —dijo la nana muy impre-

sionada—. ¿Qué te ocurre? Tus amigas son encantadoras.

—Sí, Lucille —dije—. Soy encantadora. Y la tal Grace también es encantadora. Así que, cállate ya. ¿Verdad, Nana?

Entonces la nana soltó una risita.

—¡Oye! ¡Es la nana más simpática que

he conocido! —dije—. Así que a lo mejor
yo y Grace podemos ir algún día a visitarla
a su casa ricachona.

La nana de Lucille soltó otra risita.

Entonces yo y la tal Grace empezamos a
reírnos. Y todas nos reímos una y otra vez.

Todas menos Lucille.

2 / Un trabajo excelente

Lucille se sienta en la misma mesa que yo en el Salón Nueve.

Estaba muy enojada conmigo. Solo que no sé por qué.

—Ese suéter que llevas es precioso, Lucille —le dije muy amable.

Alejó su silla de mí.

Yo me acerqué.

—¿Tiene lentejuelas? Porque las lentejuelas son mis cosas redondas favoritas —le dije.

Toqué una de las lentejuelas.

Lucille me apartó la mano.

Le hice cosquillas debajo de la barbilla, muy simpática.

—Cuchi, cuchi, cuchi —le dije muy divertida.

Lucille me dio la espalda.

Le tiré de la coleta.

—Talán, talán, talán —canté.

Justo entonces, Lucille saltó de su silla.

—¡DEJA DE TOCARME! —me gritó en la cara.

Mi maestra vino superrápido hasta la mesa.

Se llama Seño.

También tiene otro nombre. Pero a mí me gusta Seño y ya está.

Le sonreí muy linda.

—Hola. ¿Cómo está? Yo y Lucille ni siquiera estamos peleando. Estamos en medio de una conservación un poquitín alta.

Seño me miró con una cara rara.

—Querrás decir *conversación*, Junie B.

—dijo—. Conservación es cuando la gente guarda algo.

Me froté la barbilla muy *piensadora*.

Entonces, de repente, di un salto muy contenta.

—¡Es que yo sí lo hago, Seño! ¡Yo guardo algo! —dije—. ¡Le guardo a Grace un sitio en el autobús!

Grité al otro lado del salón.

—¡GRACE! ¡OYE, GRACE! ¡CUÉNTALE A SEÑO CÓMO TE GUARDO UN SITIO EN EL AUTOBÚS! ¡PORQUE POR LO VISTO NO CREE LO QUE DIGO!

La tal Grace gritó desde el otro lado.

—¡SÍ LO HACE, SEÑORITA! ¡JUNIE B. ME GUARDA UN ASIENTO EN EL AUTOBÚS TODOS LOS DÍAS!

Sonreí muy orgullosa.

—¿Lo ve, Seño? ¡Se lo dije! ¡Le dije que guardaba cosas!

Seño me miró durante un rato muy largo.

Entonces cerró los ojos.

Y dijo que necesitaba unas vacaciones.

Muy pronto, sonó la campana del recreo.

Lucille ni siquiera nos esperó a mí y a la tal Grace. Salió corriendo por la puerta sin nosotras.

Y por eso, tuvimos que salir corriendo detrás de esa chica y rodearla.

Puse una voz muy enojada.

—¡Estoy hasta la coronilla de ti, señorita! —dije—. ¿Por qué sigues enojada con nosotras? ¡Yo y Grace no te hemos hecho nada!

Lucille dio un pisotón.

—¡Sí que me hicieron algo! ¡Lo arruinaron todo! ¡Le estaba pidiendo a mi nana un perrito blanco! ¡Y estaba a punto de decir que sí!

¡Y justo en ese momento entraron en el auto! ¡Y ahora lo arruinaron todo!

Yo pegué un resoplido.

—Ya, pero lo que pasa es que no es culpa nuestra, Lucille. ¡Porque no sabíamos que estabas pidiendo cosas! ¡Solo queríamos conocer a tu nana rica y ya está!

—¡No me importa! —dijo Lucille—. ¡No deberían haber entrado! ¡Ustedes ya tienen sus propias nanas!

Justo entonces, yo y la tal Grace nos volvimos a poner muy tristonas.

—Ya sé que tenemos nanas, Lucille —dije—. Pero no son nanas ricachonas como la tuya.

La tal Grace bajó la cabeza.

—Nuestras nanas son nanas normales y corrientes —dijo.

—No tienen dinero —dije muy suave.

Después de eso, Lucille fue más amable con nosotras.

—Vaya —dijo—. Siento que tengan nanas normales. Estaba enojada porque no me iban a comprar el perrito. Eso es todo. Normalmente mi nana me da todo lo que quiero.

Justo entonces, sonreí mucho. Porque se me acababa de ocurrir algo. ¡Así de repente!

—¡Lucille! ¡Oye, Lucille! ¡A lo mejor yo y Grace podemos ir a la casa de tu nana! ¡Y podemos ayudarte a pedir el perrito!

Empecé a bailar en círculos.

—¡Y además tengo otra idea buenísima! ¡A lo mejor podríamos quedarnos a dormir! ¡Porque yo y Grace nunca hemos visto una casa de ricachones! ¡Y así podemos ayudarte a pedir el perrito toda la noche!

De repente, la tal Grace también empezó a bailar.

—¿Cuándo podemos ir, Lucille? ¿Cuándo? —preguntó.

Yo empecé a aplaudir muy contenta.

—¡Creo que yo puedo el sábado! —dije.

—¡Yo también! ¡Yo también puedo ir el sábado! —dijo la tal Grace.

Lucille pensó y *requetepensó*.

—Ummm. No sé si podrá ser el sábado —dijo—. Mi mamá y mi papá y mi hermano van a estar fuera el fin de semana. Solo estaremos mi nana y yo.

Empecé a dar saltos.

—¡Bravo! —dije—. ¡Eso es mejor todavía! ¡Porque así le podemos pedir el perrito sin interrupciones!

Justo entonces, Lucille empezó a sonreír.

—¡Claro! ¿Cómo no se me había ocurrido? —dijo.

Yo me señalé.

—Porque yo soy el cerebro del grupo —dije muy feliz.

Después de eso, todas empezamos a dar saltitos de alegría.

Y además yo y la tal Grace chocamos las cinco.

¡PORQUE ÍBAMOS A DORMIR EN LA MANSIÓN DE LA NANA!

3 / Las normas

¿Y sabes qué? ¿Sabes qué?

El viernes, ¡la nana de Lucille llamó a mi mamá!

¡Y me invitó a ir a dormir a su casa con Lucille el sábado!

¡Y mamá ni siquiera dijo que no!

Mis pies salieron disparados por toda la casa al oírlo.

—¡VOY A DORMIR FUERA! ¡VOY A DORMIR FUERA! —grité.

Salí *escopeteada* al cuarto de mi hermano Ollie.

—¡OYE, OLLIE! ¡VOY A DORMIR

FUERA! ¡VOY A DORMIR FUERA! EL SÁBADO VOY A...

Justo entonces, mamá entró corriendo por la puerta y me sacó de ahí muy rápido.

Eso no me gustó mucho.

Me acomodé la ropa.

—Ya, lo que pasa es que no deberías sacar a la gente así —dije en voz baja.

Mamá me levantó la voz.

—¿Cuántas veces te lo tengo que decir, Junie B.? ¿Cuántas veces tengo que decirte que no entres en el cuarto de Ollie cuando está durmiendo? Dime, ¿cuántas?

Yo pensé durante un minuto.

—*Tropecientasmil* tres —dije—. Pero eso es un número aproximado.

Mamá me miró con cara enojada.

Yo me balanceé con los pies adelante y atrás.

—Un número aproximado es cuando no

sabes el número exacto. Y entonces te lo inventas. Y así no te dan más la lata —expliqué—. Mi amigo que se llama Ricardo me lo dijo. Su padre vende seguros. Creo.

Mamá dio golpecitos enojados con su pie.

—No estamos hablando del padre de Ricardo, Junie B. Estamos hablando de entrar en el cuarto de Ollie cuando está durmiendo. Y además, todavía no he dicho que puedes ir a dormir a la casa de Lucille. Antes tengo que hablar con tu padre.

Le abracé una pierna.

—Por fa, mamá. Por fa. Por fa. Seré buena. Lo prometo. De verdad.

Entonces, se abrió la puerta de casa.

¡Era papá!

¡Había vuelto del trabajo!

Salí corriendo hacia él como una nave espacial.

Y también le abracé la pierna. Y no se podía soltar.

—¡Seré buena, papá! ¡Lo prometo! ¡Lo prometo!

De repente, mamá me volvió a sacar de allí. Y me sentó en la sala.

Entonces, ella y papá cuchichearon en el pasillo.

¿Y sabes qué?

¡Que dijeron que podía ir a casa de Lucille!

—¡YUPI! ¡YUPI! ¡YUPI! —grité.

Después de eso, salí zumbando otra vez. Pero papá me agarró por el cinturón.

—Ya, pero es que hay un problemita. No estoy corriendo —le dije.

—No, este es el problemita —dijo papá—. Antes de ir a dormir a casa de Lucille tienes que prometer que vas a seguir las normas.

Levanté las cejas.

—¿Normas? —pregunté—. ¿Es que hay normas?

Entonces él y mamá se acercaron a mí y me dijeron las normas para dormir en casa de alguien.

Estas son: no correr, no saltar, no gritar, no chillar, no vociferar, no cotillear, no espiar, no pelearse, no luchar, no hacer trampas en los juegos, no contestar a la nana, no romper los juguetes de otras personas, no protestar, no llorar, no hacer cosquillas cuando alguien dice que no, no acostarse tarde y absolutamente no embestir con la cabeza.

Después de oír las normas suspiré.

—Ya, solo que con todas esas normas, no quedan muchas cosas para hacer —dije.

Mamá me despeinó con la mano.

—Lo siento, mi amor, pero son las normas —dijo—. Lo tomas o lo dejas.

—¡Lo tomo! —grité—. ¡Trato hecho!

Entonces besé a papá y a mamá en los cachetes.

Y los abracé muy fuerte.

Y no se podían soltar.

4 / Equipaje

A la mañana siguiente era sábado.

Salté de la cama y salí corriendo a la cocina.

Entonces, agarré una bolsa gigante de plástico. Y corrí de vuelta a mi cuarto para hacer el equipaje para ir a la casa de Lucille.

Primero metí mi almohada favorita. Luego metí mi pijama y mi bata y las pantuflas de conejitos. También metí mi cobija y mis sábanas y una alfombra pequeñita.

Por último metí mi elefante que se llama Felipe Juan Bob.

Me miró desde dentro de la bolsa.

"Lo que pasa es que hay un problema —dijo—. Y es que no me puedes meter en una bolsa de plástico. Porque me puedo ahogar".

Abrí los ojos muchísimo.

—¡Ay, no! —dije muy preocupada—. ¡Se me olvidó!

Y así es como acabé sacando las tijeras y haciendo unos agujeros en la bolsa para el pobre chico.

Felipe Juan Bob olió el aire.

"Mucho mejor", dijo.

Le acaricié la trompa. Entonces fui a la sala de estar. Y vi la tele hasta que se despertó mamá.

Al poco rato, oí sus pantuflas en el pasillo.

—¡MAMÁ! ¡MAMÁ! ¡YA ESTOY LISTA! —dije—. ¡ESTOY LISTA PARA IR A CASA DE LUCILLE!

Arrastré a mamá hasta mi cuarto y le enseñé la bolsa de plástico.

Mamá movió la cabeza.

—Demasiadas cosas —dijo.

Entonces sacó una maletita de un estante. Y metió mi pijama y mis pantuflas y mi bata y mi cepillo de dientes.

Después de eso, sacó un saco de dormir del armario. Y puso mi almohada encima.

—Ya está. Eso es todo lo que necesitas. Ahora sí estás lista —dijo.

Yo pegué un brinco.

—¡LISTA! —grité muy contenta—. ¡JUNIE B. JONES ESTÁ LISTA PARA IR A CASA DE LUCILLE!

Después de eso, agarré a Felipe Juan Bob y arrastré mis cosas hasta la puerta.

—¡YUPI! ¡YUPI! ¡VÁMONOS! —grité emocionada.

Mamá estaba en el cuarto de Ollie. No vino.

—¡MUY BIEN! ¡VOY A SALIR! ¡JUNIE B. JONES VA A SALIR Y SE VA A METER EN EL AUTO! —grité más fuerte.

Justo entonces, mamá vino corriendo.

—¡No, Junie B.! ¡No! Yo no te voy a llevar a casa de Lucille, ¿no te acuerdas? La nana de

Lucille te va a recoger a las tres. Estoy segura de que ya te lo había dicho.

De repente, mis hombros se pusieron muy tristes. Porque la verdad es que no recordaba eso.

—Demonios —dije muy triste—. Falta mucho para las tres.

Después de eso, me senté muy triste y desayuné.

Luego me senté en los escalones de la casa.

Y me columpié en el columpio.

Y leí unos libros.

Y comí un sándwich de queso.

Y conté hasta *tropecientosmil* tres.

Y me volví a sentar en los escalones.

¿Y sabes qué?

¡Que por fin llegaron las tres!

¡Y vi el auto de oro en la rampa del garaje!

—¡MIRA! ¡YA ESTÁ AQUÍ! ¡YA ESTÁ AQUÍ! —grité muy contenta.

Mamá y papá fueron corriendo a la puerta.

—¿Estás lista? —preguntó mamá.

—¡LISTA! —grité—. ¡JUNIE B. JONES ESTÁ LISTA PARA IRSE!

La nana ricachona salió del auto.

Yo la abracé con fuerza.

—¡HOLA, NANA! ¡HOLA! ¡HOLA! ¡LLEVO ESPERÁNDOTE TODO EL SANTO DÍA!

Mamá me separó de la mujer.

—Lo siento —dijo—. Creo que Junie B. está muy emocionada. Lleva horas sentada en los escalones.

Pegué un salto en el aire.

—¡AQUÍ SENTADA EN LOS ESCALONES! —dije—. ¡JUNIE B. JONES HA ESTADO HORAS SENTADA EN LOS ESCALONES!

Mamá y papá llevaron mis cosas hasta el superauto de oro.

¿Y sabes qué? ¡Que cuando abrieron la puerta, Lucille y la tal Grace ya estaban allí!

—¡LUCILLE! ¡GRACE! ¡NI SIQUIERA SABÍA QUE ESTABAN AQUÍ! ¡VAYA SORPRESA MÁS GRANDE!

Entré en el auto y empecé a hacerles cosquillas. Pero mamá me apartó la mano.

—Por favor, Junie B., no empieces —dijo.

Yo le hice un saludo militar.

—A la orden, mi capitana —dije muy divertida.

Después de eso, subí al auto y empecé a brincar en el asiento blandito.

Pero peor para mí, porque sin querer brinqué demasiado alto y me di en la cabeza con el techo.

La nana se asombró.

Yo la acaricié.

—No te preocupes, no me ha dolido nada de nada —dije.

Después de eso, me abroché el cinturón.

Y le dije adiós a mamá y a papá.

Y la nana salió conduciendo.

5/ El gran baile

Lucille estaba sentada en el medio.

Nos susurró algo a mí y a Grace.

—Tienen que pedirle que me compren el perrito —dijo—. Me lo prometieron, ¿se acuerdan? Me prometieron que se lo iban a pedir.

Yo y la tal Grace nos miramos y *requetemiramos*. Porque en realidad no queríamos hacer eso.

Lucille nos dio con el dedo.

—¡Vamos! ¡Lo prometieron! —susurró—. ¡Prometieron que se lo pedirían!

Yo suspiré.

Entonces pensé lo que iba a decir.

Al final, tomé aire.

—Oye, Nana. ¿Sabes qué? Que parece que Lucille quiere un perrito. ¿Por qué no le compras uno? —pregunté.

—Sí, ¿podrías comprárselo? —preguntó la tal Grace—. Porque ella quiere que te lo pidamos. Y si no lo hacemos, no nos podemos quedar a dormir.

La nana abrió la boca muchísimo.

—Ahhhh. Así que esto era lo que tramaba... Pues miren, resulta que mi nieta sabe perfectamente que soy alérgica a los perros. Así que le pueden decir a Lucille que se va a tener que olvidar del asunto del perro.

Yo le di golpecitos a Lucille muy comprensiva.

—Me parece que te vas a tener que olvidar

del asunto del perro —le dije.

Lucille empezó a dar pisotones.

—Insistan más —susurró—. Tienen que insistir más.

Yo fruncí el ceño.

—¿Estás segura, Nana? —pregunté.

—¡Nada de perros, Lucille! —dijo la nana muy rápido.

Lucille volvió a dar pisotones.

—¡Sabía que tu idea no funcionaría! —gruñó.

Justo entonces, el auto se paró enfrente de una reja de hierro enorme.

Grace abrió mucho los ojos.

—¡Guau! Parece la reja de un castillo —dijo.

Lucille sonrió un poquito.

—No seas tonta, no es la reja de un castillo —dijo—. Esta es la reja de mi casa.

La nana apretó un botón y la puerta se abrió delante de nuestras narices.

—¡Oye, ese botón es mágico! —dije.

Lucille sonrió más.

Después de eso, la nana *condució* el auto por un camino muy largo. Y se detuvo delante de una casa muy grande y linda.

Lucille saltó del auto y entró corriendo.

Yo y la tal Grace la seguimos.

¿Y sabes qué? ¡Que la casa de Lucille era incluso más linda por dentro que por fuera!

Había unas escaleras preciosas y muy largas. Y un jarrón precioso con flores. Y una lámpara de cristal preciosa en el techo.

¡Yo suspiré al ver aquella cosa tan brillante!

—¡Esa luz casi me deja patidifusa! —dije.

Lucille dio saltitos en círculo.

Nos cantó una canción muy fuerte en los oídos.

—¿VEN? ¿VEN? ¡LES DIJE QUE ERA RICA! ¡SE LOS DIJE! —cantó.

Esa canción se la inventó ella. Creo.

Después de eso, nos agarró de la mano y nos llevó a ver todos los cuartos de la casa.

Nos mostró la sala de estar. Y el comedor. Y la cocina. Y el patio gigante. Y la oficina de su papá. Y la oficina de su mamá. Y el cuarto de la tele. Y el cuarto del billar para jugar billar. Y la piscina de afuera para nadar. Y la piscina de burbujas. Y la biblioteca. Y el gimnasio. Y el cuarto de su nana. Y el cuarto de su mamá y su papá. Y el baño moderno de oro con *jacuzzi*. Y el cuarto de su hermano. Y un montón de cuartos para invitados.

Al final, Lucille nos enseñó su propio cuarto.

¡Parecía el cuarto de una princesa!

La cama de Lucille tenía un techo rosado encima.

—Eso se llama un dosel —explicó—. Hace juego con mis cortinas de seda rosadas. Y mi colcha rosada. Y mi teléfono rosado. Y mi alfombra rosada. Y el papel pintado de las paredes con flores. ¿Y han visto mi tele? ¿Y mi aparato de música? ¿Y mi computadora? ¿Y mi CD?

Señaló hacia una esquina.

—¿Y han visto todos mis muñecos de peluche en aquel rincón? —preguntó.

Casi se me salen los ojos al ver aquello. ¡La jirafa era más grande que yo!

Yo y la tal Grace corrimos a jugar con ellos.

—¡NO! ¡ALTO! —gritó Lucille—. ¡NO SE PUEDEN TOCAR! ¡SON SOLO PARA MIRAR!

—¿Qué? —dijo la tal Grace.

—¿Qué? —dije yo—. ¿Por qué?

—Porque son muy caros. Por eso —dijo—. Esos animales le costaron una fortuna a mi nana.

—Ah —dije decepcionada.

—Ah —dijo la tal Grace.

Nos sentamos en la cama de Lucille.

—¡NO! ¡LEVÁNTENSE! ¡NO SE PUEDEN SENTAR AHÍ! ¡ESA COLCHA ES PARA VER Y NO TOCAR!

Yo y la tal Grace salimos de ahí pitando.

Lucille acomodó la tela con la mano.

—¿Es que no saben nada? —dijo—. La colcha es de seda, ya les dije. No puedo mancharla.

—Ah —dije.

—Ah —dijo la tal Grace.

Después de eso, Lucille dio saltitos hasta su vestidor. Y apretó un botón en el espejo.

¡Se encendieron *tropecientasmil* luces!

—Miren esto —dijo—. ¡Este es mi espejo de maquilladora profesional! Es igual que los que usan las estrellas de cine. Mi nana me lo trajo de Hollywood, California.

Yo y la tal Grace corrimos hasta el espejo de las luces. Nos miramos entre las luces brillantes.

Entonces sacamos la lengua y empezamos a hacer muecas.

Lucille lo apagó muy rápido.

—¡Esto no es un juguete! —gruñó.

Después de eso, yo y la tal Grace nos quedamos ahí paradas sin hacer nada. Y no tocamos nada más.

—Va a ser una noche muy larga —dije un poco bajito.

Justo entonces, ¡pasó algo maravilloso!

¡La nana de Lucille entró en el cuarto! ¡Y tenía una caja llena de disfraces!

—Pensé que les gustaría vestirse con mis vestidos viejos —dijo muy simpática—. Son más viejos que la tos, pero siguen siendo preciosos.

Lucille corrió hacia la caja.

—¡Vamos a jugar a la Cenicienta! —dijo.

Y sacó un preciosísimo vestido rosado brillante.

—Yo seré Cenicienta —gritó.

Entonces la tal Grace me apartó de su camino. Y también corrió hasta la caja.

Sacó un vestido azul brillante.

—¡YO SERÉ EL HADA MADRINA! —gritó.

Yo les resoplé a las dos. Porque seguramente ahora yo tendría que ser una de las hermanastras feas.

Me agaché y empecé a buscar en la caja con mucho cuidado.

De repente, mis manos notaron algo largo y suave.

Lo saqué rápidamente.

La cara de nana se iluminó.

—¡Dios mío! ¡Mi viejo fular! —dijo—. ¡No lo había visto en años!

Empecé a bailar con aquella cosa tan linda.

—¡Me encanta, Nana! ¡Me encanta tu viejo fular!

Justo entonces, me vino una idea a la cabeza.

—¡Oye! ¡Ya lo tengo! ¡Yo seré la famosa cantante que canta en el gran baile al que va Cenicienta!

Lucille y Grace pusieron una cara muy rara.

—¿Qué cantante? —dijo Lucille.

—No hay cantante —dijo la tal Grace.

Yo pegué un pisotón.

—¡Sí que hay! ¡Claro que hay cantante! ¡Y soy yo! ¡Y me llamo Florencia la Cantante Famosa! ¡Y voy a cantar! ¡Para que se enteren!

Lucille y Grace se encogieron de hombros.

Después se vistieron con sus hermosos vestidos.

Y se fueron al baile.

Y yo canté "Viva la vida loca" todo lo que quise.

6/ Brincos

Cuando terminamos de jugar a la Cenicienta, la nana nos llamó para ir a cenar.

Yo y Lucille y la tal Grace fuimos dando saltitos al gran comedor. Nos sentamos en una mesa larga y brillante.

Muy pronto, la nana de Lucille salió de la cocina. Y nos sirvió la cena.

¿Y sabes qué?

Que había arroz con frijoles y salchichas.

—¡Bravo! —dije—. ¡Bravo por el arroz con frijoles y las salchichas! ¡Porque es mi comida casera favorita del mundo mundial!

La nana sonrió un poquito.

—Normalmente tenemos una cocinera, pero hoy le di el día libre —dijo.

Después de eso, la nana nos sirvió leche en unas copas preciosas y brillantes.

—¡Ayyy, Nana! ¡Estas son tus copas carísimas de cristal! —dijo Lucille emocionada—. ¡Me encantan estas copas!

—¡A mí también! ¡Me encantan estas cosas carísimas! —dije.

Pero peor para mí. Porque nadie me había dicho que esas copas de cristal pesaban tanto.

Y entonces, cuando levanté una, se me escurrió de la mano.

¡Y se cayó al suelo!

¡Y se rompió en mil pedazos!

Lucille se quedó con la boca abierta.

—¡AY, NO! ¡LA ROMPISTE! ¡ROMPISTE LA COPA DE CRISTAL DE MI NANA!

La cara de la nana estaba toda roja y enfurruñada.

—Perdona, Nana —dije muy suave—. Perdona que haya roto tu copa de cristal.

La nana se mordió los cachetes.

—Bueno, pero vamos a intentar tener más cuidado, ¿está bien? —dijo.

Yo moví la cabeza para adelante y para atrás.

—Sí, lo intentaremos —dije.

Después de eso, me comí mi arroz con frijoles y mi salchicha con mucho cuidado. Pero al ratito, mi salchicha se soltó de mi tenedor. Y aterrizó en el mantel blanco de la nana.

—¡AY, NO! —gritó Lucille—. ¡EL MANTEL DE LINO DE MI NANA! ¡EL QUE TRAJO DE IRLANDA!

La cara de la nana estaba toda hinchada y retorcida.

Muy rápido, aparté mi plato.

Tenía un nudo en el estómago.

—¿Sabes qué? Que ya no tengo hambre. Así que me quedaré aquí sin moverme y no tiraré nada más. Creo.

La nana limpió todos mis accidentes con un trapo húmedo.

Cuando terminó, nos trajo helado de chocolate de postre.

Pero peor para mí. Porque se me cayó de la cuchara una gotita chiquitita. Y fue a aterrizar en el cojín de mi silla.

La nana suspiró.

—Eres como un toro en una tienda de porcelanas, ¿no? —dijo.

—Perdón, Nana —dije—. Perdón, perdón, perdón.

La nana me dio palmaditas en la mano un poco tensa.

—Está bien —dijo casi sin abrir la boca.

Después de eso, me bajé de la silla. Y yo y mis amigas volvimos al cuarto de Lucille.

¿Y sabes qué?

¡Que las cosas mejoraron!

Porque Lucille dijo que podíamos jugar con los juegos que tenía en el armario. ¡Porque parece que esos no son caros!

Primero jugamos a las Escaleras. Luego jugamos a la Oca y al Bingo y a las Damas Chinas y al Tres en Raya y al Parchís. Y también jugamos a dar vueltas hasta que nos mareamos y nos caímos.

¿Y sabes qué? ¡Que no rompí nada!

—¡Oye! ¡Creo que me empieza a gustar esta fiesta! —dije muy contenta.

Justo entonces, la nana llamó a la puerta de Lucille.

—Señoritas, llegó la hora de ponerse los pijamas —nos dijo.

Yo empecé a bailar por el cuarto muy feliz.

—¡Bravo! —dije—. ¡Bravo por los pijamas! ¡Porque traje mis favoritos!

Me los puse enseguida.

—¿Los ves, Nana? ¿Ves que grandotes son y cómo cuelgan? ¡Por eso son tan cómodos!

Nana me miró de arriba abajo.

—Este... muy... simpáticos —dijo.

Justo entonces, la tal Grace saltó delante de mí.

—¡Mira el mío, Nana! —dijo—. ¿Lo ves? ¡El mío tiene lunares verdes fosforescentes!

—Este... muy... coloridos —dijo la nana.

De repente, Lucille salió de su gran armario.

—¡Tachán! ¡Mírenme todas! ¡Me puse mi maravilloso camisón rosado de seda! ¿Me ven? ¡Miren qué linda estoy! ¡Parezco una supermodelo con esto! —dijo.

Lucille nos dejó a mí y a la tal Grace tocar la tela.

—Qué suave —dije.

Después de eso, yo y Grace desenrollamos nuestros sacos de dormir en el piso. Y la nana quitó la colcha de seda de la cama de Lucille.

—Princesa, es hora de tener dulces sueños —le dijo a Lucille.

Entonces las dos se abrazaron y se dieron un beso de buenas noches. Y la nana cerró la puerta.

¿Y sabes qué?

Que Lucille ni siquiera se metió en la cama. Siguió dando piruetas en su camisón rosado de seda.

—Así es como dan piruetas las modelos

—dijo—. Dan piruetas para que las puedas ver por delante y por detrás.

Lucille no paraba de dar piruetas.

—¿Me ven por delante? ¿Me ven por detrás? —dijo.

Yo y la tal Grace nos subimos a su cama para verla dar piruetas.

La cama de Lucille era suave y blandita. Dimos unos saltitos.

Lucille dejó de dar piruetas.

—¡No hagan eso! —dijo—. ¡Esa cama es solo para tener dulces sueños!

Yo le di unas palmaditas.

—Pues es una pena que no podamos jugar aquí arriba —dije—. Porque este colchón es de lo más saltarín.

Justo entonces, Lucille puso una sonrisa picaruela.

—¿Quieren dar saltitos? —dijo muy suave—. ¿De verdad que quieren dar saltitos?

Salió por la puerta de puntillas y se asomó al pasillo.

—Vamos —susurró—. Síganme.

Agarré a Felipe Juan Bob y seguí a Lucille y a la tal Grace.

Fuimos de puntillas por el pasillo y dimos la vuelta a la esquina.

Entonces Lucille abrió la puerta de un cuarto enorme de huéspedes. ¡Y ahí en medio había una cama gigante!

—¿Han visto? —dijo—. ¿Han visto lo enorme que es esta cama? Mi nana la mandó hacer por encargo por si teníamos invitados muy altos.

Lucille cerró la puerta muy rápido.

—¡Vamos! ¡Vengan! —dijo.

¡Y las tres nos subimos a la cama gigante muy rápido! ¡Y saltamos y saltamos y *requetesaltamos* en la cosa esa!

Yo canté una cancioncita muy alegre.

Se llama "Salta, salta, salta, salta en la cama gigante".

—SALTA, SALTA, SALTA, SALTA EN LA CAMA GIGANTE —canté.

Pero peor para mí. Porque de repente, recordé algo muy importante. Y es que mamá y papá me habían dicho que nada de saltar.

Me bajé de la cama superrápido.

—Chicas, tenemos un problema —dije—. No puedo saltar. Porque mamá y papá dijeron que nada de saltar. Así que ustedes también tienen que dejar de saltar. Porque eso sería lo educado.

Lucille y la tal Grace no prestaron atención.

Así es como terminé subiéndome otra vez a la cama gigante y gritándoles en la cara.

—¡HE DICHO QUE DEJEN DE SALTAR! ¡PORQUE A MÍ NO ME DE-JAN SALTAR! ¡Y USTEDES TAMPOCO DEBERÍAN SALTAR!

Grace salió disparada por los aires.

—¿Quién está saltando? Yo no estoy saltando —dijo.

Le entró una risita tonta.

—¡Estoy brincando!

Justo entonces, me puse toda contenta y feliz.

Y la abracé muy fuerte.

¡Porque papá y mamá no dijeron que no podía brincar!

Después de eso, brinqué y brinqué y *requetebrinqué*.

—BRINCA, BRINCA, BRINCA, BRINCA EN LA CAMA GIGANTE —canté.

Brinqué hasta que empezó a salirme sudor por la cabeza.

Entonces me acosté en el colchón para descansar.

Me tumbé en una almohada blandita.

—¡Ayyy, Lucille! ¡Esta es la almohada más blandita que he visto en mi vida! —le dije.

—Pues claro —dijo Lucille—. Eso es porque mi nana encarga todas las almohadas en Suecia y se las hacen a mano.

Le lancé de pronto la almohada blandita a mi amiga Grace.

—¡Grace! ¡Oye, Grace! ¡Mira qué blandita es esta almohada! —dije.

Solo que Grace no la vio venir. Y sin querer le di en la cabeza.

La miré de reojo debajo de la almohada.

—Bueno, pero en realidad no te hice daño. Porque las almohadas blanditas no hacen daño. ¿Verdad, Grace?

La tal Grace sonrió.

Entonces se quitó la almohada blandita de la cabeza. La balanceó de un lado a otro. ¡Y me dio en la barriga!

—¡Ay! —dije.

Entonces me reí muchísimo.

—¡Oye! ¡Tenía razón! ¡Las almohadas blanditas no hacen daño!

Después de eso, le pegué a Lucille en la cabeza con mi almohada blandita. Y le volví a dar a Grace.

Entonces ellas agarraron sus propias almohadas blanditas. ¡Y nos seguimos dando golpes muy divertidos!

Pero justo entonces, pasó algo que no tenía que haber pasado. Porque yo no sabía que mi almohada blandita tenía un agujerito. Y cuando volví a pegarle a Grace, ¡todas las plumas salieron volando!

Había miles de millones de esas cosas flotando.

Casi llenaban todo el aire.

Lucille tragó saliva.

La tal Grace también tragó saliva.

Yo bailé muy divertida.

—¡MIREN! ¡AQUÍ ESTÁ NEVANDO!
—dije—. ¡ESTÁ NEVANDO! ¡ESTÁ...

Justo entonces, se abrió la puerta superrápido.

¡Era la nana de Lucille!

¡Me vio con mi almohada blandita y rota!

Mi corazón empezó a latir con fuerza.

—Hola —dije muy nerviosa—. ¿Cómo estás? Yo bien. Solo que parece que tengo un problemita de plumas.

La nana se acercó lentamente.

Entonces me quitó la almohada de las manos.

Y escondió la cara en aquella tela aplastada.

Y no la sacó durante un buen rato.

7/ Pío

Al cabo de un rato, la nana nos llevó de vuelta al cuarto de Lucille.

Yo y Felipe Juan Bob nos metimos en el saco de dormir a toda velocidad.

Luego, la tal Grace se metió en su saco de dormir. Y Lucille se metió en su cama blandita.

—No quiero oírlas decir ni pío —dijo la nana muy gruñona—. ¿Me oyeron? Ni pío.

Apagó la luz y cerró la puerta.

Me quedé callada durante mucho rato. Porque aquella mujer me daba miedo.

Pero de repente, oí una vocecita.

—¡Pío! —dijo—. ¡Pío, pío, pío!

Era Lucille.

Yo y la tal Grace nos reímos al oírla.

—Pío —dijo la tal Grace.

—Pío —dije yo.

"Pío", dijo Felipe Juan Bob.

Al poco rato, todos estábamos pío que te pío.

—Pío, pío, pío. Pío, pío, pío.

Lucille hacía pío cada vez más fuerte.

—¡PÍO! ¡PÍO! ¡PÍO! —dijo.

Y también se reía bastante fuerte.

Al final, yo y la tal Grace nos sentamos en los sacos de dormir. Y nos quedamos mirándola.

—Los píos de Lucille se han descontrolado —dijo la tal Grace.

—A lo mejor es que se ha pasado de rosca —dije—. Cuando te pasas de rosca, tu cerebro hace tonterías.

—¡PÍO! —dijo Lucille—. ¡PÍO! ¡PÍO! ¡PÍO! ¡PÍO! ¡PÍO!

Justo entonces, la nana de Lucille volvió a abrir la puerta.

—¡SILENCIO! —dijo, dando muchísimo miedo.

Se me puso la carne de gallina.

Entonces todas nos volvimos a tapar con nuestras cobijas.

Y cerramos los ojos.

Y no volvimos a decir ni pío.

8 / Por la mañana

La mañana llegó muy pronto.

Afuera seguía oscuro.

Moví a Lucille y a la tal Grace.

—Tengo hambre —dije—. ¿No tienen hambre? Es que tengo mucha hambre.

Las moví un poco más.

—Vamos a comer algo. ¿No quieren comer? De verdad quiero comer algo.

Por fin, Lucille y la tal Grace bostezaron y se estiraron.

Entonces las tres nos pusimos las batas y las pantuflas. Y fuimos por el pasillo a buscar a la nana para que nos hiciera el desayuno.

Lucille la movió con mucho cuidado.

—Despierta, Nana —susurró.

—Despierta, Nana —dijo la tal Grace.

—Despierta, Nana —dije yo.

La nana roncó.

Así que al final tuvimos que tirar de sus brazos. Y encendimos una luz muy brillante en su cara.

La nana bostezó con la boca muy grande.

No era nada lindo verla.

Después de eso, se puso la bata y sus pantuflas y bajó las escaleras con nosotras.

Nos volvimos a sentar en la mesa larga del comedor.

La nana nos pasó los cuencos para el cereal.

—¡Ay, Nana! ¡Estos son los cuencos nuevos de porcelana que compraste en Francia! ¡Son mis favoritos! —dijo Lucille.

De repente, se me volvió a hacer un nudo en el estómago.

Le di un golpecito a la nana en la mano.

—Me parece que tengo un problema. Es que yo prefiero un cuenco de plástico. Porque el plástico va más con mi estilo.

La nana miró hacia el techo. Yo también

miré, pero no vi nada.

—Yo no tengo ningún cuenco de plástico
—dijo.

Después de eso, trajo el jugo de naranja.
Y lo puso en unos vasitos de cristal.

Yo me bajé de la silla.

—Es que... ¿sabe qué? Que creo que me

voy a quedar aquí y no voy a comer. Porque así no tiro nada —dije.

La nana me miró una y otra vez.

Entonces fue a la cocina y me trajo un plátano.

—Toma. Come esto —dijo un poco más simpática.

Sonreí.

Después me comí mi plátano con mucho cuidado.

Y no salpiqué ni una gota.

Mamá me recogió a las nueve en punto.

Vino a recogerme a la mansión enorme y preciosa de la nana.

—¡Qué linda! Tiene una casa preciosa —le dijo a la nana.

Entonces mamá fue hasta el gran jarrón que tenía las flores tan lindas. *Y intentó* olerlas.

—¡NO! ¡NO LAS HUELAS! ¡SEGU-
RO QUE SON PARA VER Y NO OLER!
—grité.

Después de eso, les dije adiós a mis
amigas. Y le di las gracias a la nana. Y saqué
a mi mamá de la casa superrápido. Porque si
no, podría romper algo.

Bajé corriendo los escalones y me metí en
el auto. Luego pasé mi mano por el asiento.

No era tan suave como el asiento de
la nana.

Sonreí muy aliviada.

—Me gusta estar de vuelta —dije.

Mamá salió por la gran rampa del garaje.

Empezaron a sonarme las tripas.

—¿Sabes qué? Mis tripas siguen
teniendo hambre. Porque la verdad es que
no comí mucho —dije.

Mamá se rió.

—Desde luego, Junie B., tu estómago es

como un saco sin fondo —dijo.

¡Justo entonces se me ocurrió una idea genial!

—¡Mamá! ¡Oye, mamá! ¡A lo mejor tú y yo podemos ir a casa de la abuela Miller a desayunar! ¡Porque ella hace panqueques con frambuesas todos los domingos por la mañana! ¡Y los panqueques con frambuesas son mi desayuno favorito del mundo mundial!

Mamá pensó en mi idea.

De repente, giró el auto. Y fuimos a casa de mi abuela Miller. ¡Y llegamos justo a tiempo para los panqueques con frambuesas!

¡Nos comimos unos *tropecientosmil* panqueques!

¡Y además, tomé jugo de naranja en un vaso de plástico!

—¡Bravo! —dije—. ¡Bravo por el plástico!

Entonces yo y la abuela Miller nos

abrazamos una y otra vez.

¿Y sabes qué más?

Que creo que mi abuela es mi abuela
perfecta.

Barbara Park dice:

66 Cuando era pequeña, me parecía que ir a dormir a casa de una de mis amigas por primera vez era como una aventura. Casi me sentía como una espía. Había tantas preguntas por responder.

¿Cómo será la familia? ¿Qué cenarán? ¿Me gustará o tendré que hacer que estornudo y escupirlo en la servilleta? ¿Hasta qué hora nos podremos quedar despiertas? ¿Serán simpáticos los papás o me gritarán si me entra la risa y no me puedo dormir? ¿Cómo serán sus pijamas? ¿Qué desayunarán? ¿Serán ricos? ¡Eso sí que sería divertido! ¿No? ¡Visitar la casa de un rico sería fantástico!

Cuando hice que Junie B. se encontrara en esa situación, yo estaba casi más nerviosa que ella. ¡Por fin iba a dormir en casa de unos ricos! (Aunque solo fuera en mi imaginación).

Ya se imaginarán que me sorprendió la manera como terminaron las cosas. Creo que me sorprendió más que a Junie B. y que aprendí una gran lección: Ser rico es bueno, pero los panqueques de frambuesa son mucho mejor. ¿Quién lo hubiera imaginado? **99**